KB076874

# 당신 가슴에 바람이 분다

조재도 여행시화집

작은숲

# 차례

언제부턴가
당신 가슴 속 오래된 질서를
마구 흩어놓는
바람이 불어

그리하여
떠난 후
비로소 환해지는 당신을 위하여

당신 가슴을 휘젓는
찬 소주 같은
바람을 위하여….

# 그리운 고비

그곳엔 바람
햇빛
까마득한 지평선

시간이 짙은
구름 그림자로 흐른다

짧은 발목으로
초원의 대지에 웅크리고 있는 풀

바람이 할퀴는
게르 안
담요를 끌어당겨 덮어도
잠을 이룰 수 없었다

갈수록 더해가는 허기
광막한 사막에서
우리네 인생은
모래 한 알

낮고
황량한
생명들이
눈물겹게 내 안에 스민다

## 사중주

바람에 실려 가리

그러다 점이 되리

그러다 無가 되리

바람마저 없으리

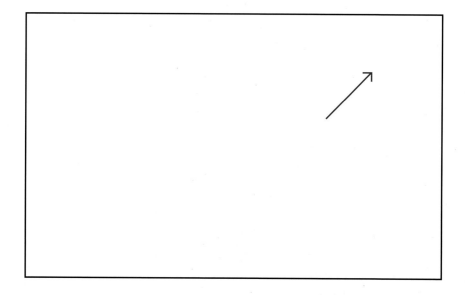

# 고비 내비

하얀
액정 화면

아무 것도 나타나지 않는
무한 공간에

목적지를 향해
떨고 있는
화살표

# 새

새여

천 길 벼랑 끝

바람의 등을 타고 나는 새여

샛푸른 하늘

너와 함께 날고 싶은

내 영혼을 보았니

# 길

지평선
너머
지평선

길
지나
길

둥근 구멍에서 나는
피리소리처럼

꼬리만 보이는
달아나는 뱀처럼

길게
길게 분
휘파람처럼

# 길 아닌 길


길 아닌
초원 모두
길 아닌 길

야생화가 흔들리고
모래알 서걱이고

멀리
머얼리

실금으로 펼쳐진
푸른 지평선

모래먼지 날리며
달리는 푸르공*

적막과 적막
사이
아가미처럼 조용히 숨쉬는
始原

길 아닌 초원의
모든 길


*푸르공 : 러시아 승합차

오랜 계획과 궁리 끝에
당신, 오늘 길을 떠난다
아주 먼 데로 가는 길이었으므로
당신 조금 긴장한다.
그러다 흙먼지 풀풀 날리고
노란 민들레꽃 같은 작은 풀꽃송이
곁에 둔 길에
당신의 긴장 얼음 녹 듯 확 풀린다.
자유, 始原에 가 닿는 자유!
길은 늘 당신 집에서 시작하여
당신 집으로 돌아온다.
길, 어떤 간절함이 앞서 간 흔적
바람의 길, 초원의 길, 사람의 길
길은
사납고 거친 도로와는 다르다.
경쟁의 속도로 질주하는 도로는
길이 아니다.
어느 날 문득 도로에서 내려
길에 접어들고 싶어 하는 당신
당신 앞에, 길이 황홀하게 도착했다.

# 짐승 발자국

진흙에 찍힌 새 발자국
새가 적어 놓은 새의 문자

사막에 찍힌 낙타 발자국
낙타가 써 놓은 낙타의 문자

오래 전 인류는
짐승이 그려놓은 발자국 보고
문자를 터득했지

오랜 세월 지나 겨우 ―
수 천 년 궁리 끝 뒤늦게 ―

그래선지 아직도 인간은
발자국에 담긴
새의 마음을 모른다네
낙타의 마음을 모른다네

■ 누가
바람의 영토에 집을 지으랴.

■ 누가
바람의 제국에 소유의 말뚝을 박으랴.

# 물 한 방울

새들이 날아와
입 맞추다 가고

강아지가 기어와
핥짝이다 가고

들통을 들고
두 시간 넘게 걸어야 하는

절수 통에서
떨어지는
물,
한 방울

투명한 생명
목마른 평화

피
한 방울

# 아침 해

초원에 부는
투명한 바람
흔들리는 풀잎 사이사이를
붉게 적시는 아침 해

삼라만상을 돌리는
둥근 배터리
켜고 끄고 할 수 없는
거대한 스위치

밤새 도움닫기 하여
지평선에
불쑥

해맑은 아가의 얼굴
붉은 빛의 일렁임

# 정오

정수리에 쏟아지는 뜨거운 햇빛

오, 눈부신 고독

짧고 진한 그림자

# 작은 돌

바람에
둥글어진 돌
제 몸이 깎여 무늬 드러낸 돌

10만 년이 걸렸을까
백만 년이 걸렸을까

고집도
속 끓음도
바람에 씻겨 날려 보내고

온몸으로 받는
뜨거운 햇빛

나, 작은 돌

누만 년
바람의 시간을 안고
오늘 그대 만나네

푸른 하늘 / 샛푸른 하늘 / 영원의 아가미로 / 발닥발닥 숨 쉬는 푸른 하늘

# 발

발을 좀 만져보게
발가락을 만져보게
뜻밖의 창백함에
놀라운 발

살보다 뼈
그렇다네 발은
뼈

당신을 지탱하기 위해
축축한 바닥 딛고 서기 위해
살보다 뼈

모든 발걸음은 앞을 향해 걷는다는
발의 본질
허영의 살이 아닌
본질의 뼈

# 게르

게르는
유목민의 베이스캠프

당신 인생의 베이스캠프는?

# 게르 안에서

할아버지도
할머니도
아버지도
엄마도
형도
누나도
동생도
새끼 양도
가족사진도
고양이도
햇빛도
바람도
샛푸른 하늘도
흰 구름도
염소도
염소 똥도
말린 고기도
털가죽도

오전 11시, 쉬었다 **쉼**

나는 쉬어 보지 않아서 쉬는 게 무엇인지 모른다.
어떻게 하는 게 쉬는 건지 모른다.

쉼이란
일단 하던 일을
멈추는 것.
달리던 사람은
천천히 걷고
걷던 사람은
편안히 앉고
들고 있던 사람은
내려놓는 것.

가세요.

떠나세요.

당신 몸에 달라붙은 소음과 관계의 찌꺼기들이 덕지덕지 쌓여 털어내지 않으면 안 될 때, 괜히 짜증나고 먼 곳을 보면 당신도 모르게 눈시울이 서물거릴 때, 그저 그런 얘기를 그저 그런 사람과 밑도 끝도 없이 지껄이고 있을 때, 혼자 못 있을 때, 누군가한테 전화가

온 듯하여 휴대폰을 들여다볼 때, 그러나 아무한테도 오지 않았을 때, 무엇인가 절박한 심정에서 이러다간 오래 못 가지 이러다간 오래 못 가지 중얼거려질 때, 세상에 나 하나만 있는 것 같아질 때, 인생과 끝없이 싸우고 있다는 느낌이 들 때, 아 이제 그만 모든 것을 내려놓고 싶다 싶어질 때, 그렇게 당신이

지쳤을 때,

# 말아

말아

푸르르 히히잉 말아

발굽에 편자 박은 말아

이왕지사 달렸으니

고삐 챔에도 멈추지 말고

전력질주 하늘로 날아오르렴

네가 살던

목장이나 한 바퀴 휘 둘러보고

미련 없이 너 갈 데로 가렴

일평생 인간에게 붙잡혀 있는 말아

달력의 빨간 날에도 일만 하는 말아

너 없으면 인간은 허당

낭패스런 얼굴을 보고 싶구나

# 스미다

초원을 밟고 가면
길이 되고
길이 묵으면
초원이 되는

길과 초원의
경계를 지우는
바람
햇빛
오래된 적막

내 속에 네가 스미듯
너의 중심으로 내가 스미듯

# 집

집이 하나 있다
둥근 벽 둥근 지붕
네모난 문

집이 하나 있다
땅 속에 파 놓은
깊은 굴

둘 모두 같은 집
서로 또 각자
살아가는 집

사람의 집
도마뱀의 집

집이 비면
빈 집에
삶의 여운이 남는다

 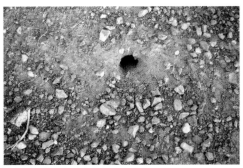

# 요리 이쁜

꽃의 꽁무니에
억센 줄기 달렸나봐
부노라니 바람
있노라니 불볕
없노라니 물

척박한 사막에
하이고야 요리 이쁜 꽃이
라니
가시투성이 억센 줄기에
요리 이쁜

# 달밤

달밤은
신화의 시간

대낮의 경계가 지워져
어슴푸레
회부연
교교한 시간

수천의 은빛 말들이 하강하는 시간
하얀 도깨비들이 춤추는 시간

나는 나는 갈 테야
동무들과 갈 테야
달 바구니 만들어
달을 따러 갈 테야
노래하던 시간

밤이슬 젖은 당신 숨결이
뜨겁게 귓불에 와 닿기도 하던

■ 밤이슬 젖은 당신 숨결이
뜨겁게 귓불에 와 닿기도 하던

■ 말아 / 푸르르 히히잉 말아 / 발굽에 편자 박은 말아……

네가 살던 / 목장이나 한 바퀴 휘 둘러보고 / 미련 없이 너 갈 데로 가렴

# 별

여름 밤
시골집 마당
밀대방석 펴고
벌러덩 누워 보던
별, 별들이
여기 있네

울멍줄멍
째릿째릿

빗금을 치며
떨어지는
별똥별
하나

# 잠깐 생각

밤하늘 별이 많을까

들녘의 꽃이 많을까

이내 마음 수심이 많을까

잠깐 생각에 가슴은 볼록볼록

# 칭기스칸 보드카

달빛 아래
희부연
달빛 아래

광막한~ 광야를~ 달리는~ 인생아~
너는~ 무엇을~ 찾으러~ 왔느냐

게르 안
촛불 켠
게르 안에서

녹수 ~ 청산은 ~ 변함이 ~ 없건만
우리 ~ 인생은 ~ 나날이 ~ 변한다

# 인생

인생은
사막
모래와 모래 사이
물기 없는

둘러보면
텅 빈
아무 것도 없는

황량함
적막함
쓸쓸함

그러나 천천히 걸어 보면
무릎 접고 앉아 보면
낮은 생명들

그러니 공허하다 말하지 마라
그러니 황무지라 말하지 마라
가까이 다가가면
오랫동안 바라보면
비로소 보이는
작은 생명들

인생도 그렇지 않을까
멀리서 보면
팍팍한 사막
모래알 같은

# 염소의 승천

염소는 반듯이 누워 죽었다

염소의 두 눈에 푸른 하늘 내려앉았다

두어 번 몸부림 끝

붙어 있던 숨이

조용히 가라앉았다

둘러서 구경하는 인간들에게

왜 이리 수선이냐는 듯

# 장난감

동네

고샅

해질 녘까지 차고 놀던

돼지오줌보가

여기 있네

햇빛 흠씬 받아먹고

탱탱 부풀어 올라

# 고비 알타이

달리는 푸르공 따라
고비 알타이 산맥도 달리고 있었다
알타이
우랄산맥
신화의 고장

始原이란 하나의 점
나의 육신이 풀려 나온
까마득한 점

광막한
광야의 끝
검은 띠로 펼쳐진
고비 알타이

샛푸른 하늘
목탄화로 그린 듯한
길 저 너머
또 다른 신화가
호호백발 할머니처럼 숨 쉬고 있었다

돌울*

쌓인 눈이 잔등에 남아
그대로 얼어붙은 양아

돌울에 들어가
칼바람 피하렴
대륙을 휩쓰는
눈보라 피하렴

긴 — 긴
겨울밤
웅크린 생존

그런 아침
황금빛 햇살
오, 살았구나
마침내 살았구나

* 돌울타리의 조어

# 북극성

밤하늘 뭇별들의
주추뿌리

목동은 눈을 들어
하늘 위 흐르는
계절을 가늠한다지

정채 오른 당신의 눈망울 같은

새벽까지 뜨고 있는
푸른 눈꺼풀

손톱으로 톡 치면
쨍 소리 날 듯
이제 막 냉장고서 꺼내 온
맑고 찬 소주 같은

# 빗소리

게르 지붕에 쏟아지는 빗소리

시골집 함석지붕에 쏟아지던 빗소리

게르 지붕에 쏟아지는 빗소리

후두둑 비닐우산에 쏟아지던 빗소리

■ 아무도 아무것도 없는 곳을 상상해 보라. 어느 날 그곳에 당신은 홀로 있는 당신을 발견하고 곰곰 생각에 잠길 것이다. 나는 무엇인가. 나라는 생명체의 우연은 어디에서 비롯되어 어디로 가고 있는가.

■ 나 혼자 혼자만이 아니었을 때 비로소 사랑은 찾아든다. 그리하여 아름다워지는 사랑. 기댈 가슴이 있어 따뜻해지는 사랑.

■ 그러나 사랑도 조금은 애절함이 좋다.

　조금은 혼자임이 좋다.

# 적막

적막 위에 햇빛이 놀다 가다

적막 위에 바람이 놀다 가다

적막 위에 구름 그림자 내려앉다 가다

적막은 거울

내 안을 투명하게 비추다 가다

# 공명

돌과 돌을 비벼 나는
뼛소리

뼈와 뼈를 비벼 나는
돌 소리

바람에 깎인 돌은 단단했습니다.
바람이 釘을 두드리며 더욱 단단하게 했나봅니다.
그 돌을 손아귀에 넣고
예전 가래 주무르듯 주무르니
아각아각 뼛소리 납니다.
뼈와 뼈를 맞부벼도
돌에서 나는 소리 나겠지요.
하지만 소리는 겉에서 나는 게 아닐 겁니다.
악기의 공명통에서 소리가 나듯
돌의 내부에도 빈 공간이 있어
그곳에서 아각아각 소리 날 겁니다.
빈 곳을 마련하고 돌을 빚어낸
광활한 대지의 손길
그것은 바람
그것은 햇빛
소꼬리도 얼어서 부러진다는
겨울의 혹독한 추위.

# 그늘

생명을 키우는
저쪽은 햇빛

생명을 쉬게 하는
이쪽은 그늘 그늘

거 가는 세월 좀 천천히 가면 안 되나

거 부는 바람 좀 약하게 불면 안 되나

거 햇빛 좀 작열하지 않으면 안 되나

안 되지, 암

안 되구 말구

# 백골의 불만

# 흐미 1

인간이란
가죽부대를 통해 흘러나오는
바람 소리
바람의 숨소리
고음과 저음이 나란히 가는
삶과 죽음의 소리

가사가 없는

# 흐미 2

바람 소리로 흘러라
새 소리로 흘러라
높은 말울음 소리로 흘러라
낮은 소의 울음으로 흘러라
염소의 긴 울음으로 흘러라
양의 짧은 울음으로 흘러라
달빛 사막의 적막으로 흘러라
우두두 내달리는
말발굽으로 흘러라
가을하늘 텅 빈 애환으로 흘러라
먼 지평선
낙타의 눈빛으로 흘러라
흘러라 인생아
흰 구름아

# 때마침

손끝으로 건드리니
하얀 꽃잎 톡 떨어진다

이슬이 무거워
때마침 떨어지고 싶었다는 듯

이따금 하는
우리네 생각처럼

# 해우 1

어쩔 수 없다, 허리 띠 풀고

무릎 접고 앉아서

힘쓰다 보면

날벌레 몇 마리

향기 따라 윙윙 날아오르고

# 해우 2

한 3일 애쓴 끝
겨우 얻은 보람

돌아서
내려다보니

물속에 조용히 가라앉아 있는
한 덩이

# 사구에서

모래더미가 우는 소릴 들었다

쩡 하고 울었다

사구를 오르며

모래더밀 발끝으로 찍어 누르자

용암처럼 모래반죽 흘러내렸다

하늘 끝 실낱같은 능선에서

모래바람 흩날렸다

작은 모래 알갱이 하나가

거대한 모래 산을 떠받들고 있었다

# 오토바이 목동

목동들이 오토바이 탄다

목동들이 말을 타지 않는다

언젠가 목동들은 말하겠지

옛날 말 타던 때가 그래도 좋았어

# 스카이 라이프

스카이 라이프 세워진 자리

고양이가 이따금 지나가는 자리

강아지가 가끔 오줌 누는 자리

그늘 한 점 없는 자리

햇빛만 쨍쨍

짙은 그림자 선명한 자리

TV가 안 나와도

우리 집 텔레비 안 나와요

고쳐 주세요

연락할 데 없는

# 불안한 시간


아직은
아직은
아직은

그러나 미래에
머지않은 미래에
자본과 욕망과 탐욕이
기름 냄새 풍기며
몰려들어

뚫고
끊고
파헤치고
뒤덮는
미래의 불안한 시간 앞에

아직은
아직은

# 가물가물

저 신기루 너머

신기루너머나라에

가고 싶었다

# 돌무덤

가도 가도 모랫길
사막의 길

가도 가도 인생길
한 세월 길

소군*이 집을 떠나 흉노 땅으로 갈 때
히잉-힝, 개앵-갱
두 줄 마두금은 슬피 울었지

돌아올 수 없는 길
길을 떠날 때
흉노도 소군도
2천 년 후
돌무덤으로 남을 줄 꿈에도 몰랐지

소군은 왕소군. 서시, 초선, 양귀비와 함께 중국 4대 미녀 중 하나다. BC 33년 한나라
원제 때 흉노와의 화친정책을 위해 흉노의 왕 선우에게 시집가 아들을 낳았다.

# 영원과 찰나

영원에서 온

아침 햇살 한 올

찰나의 이슬에

감겨 있다

반짝, 빛난다

순간순간이 영원인

우리들 삶의

찰나와 같이

# 소읍(小邑)

하교 후
여학생 서넛
재깔대며
아이스크림 입에 물고
가던 길 가는

비 오면
가게 추녀 밑
쭈그리고 앉아
한나절
떨어지는 빗방울이나
세어도 좋을

# 휴일

멍 때리고 싶은 날은 낙타처럼 멍 때리자

쉬고 싶은 날은 그늘 안 양처럼 쉬자

자고 싶은 날은 침대 위 고양이처럼 자자

놀고 싶은 날은

햇빛의 염소처럼 뿔 치기 하자

# 고비에 가라

고비에 가라

모든 것 내려놓고

생년월일을 만나라

죽음 이후를 만나라

9000

12 000

«Ж...бbuки»

117

새처럼
바람의 등을 타고 나는
새처럼

네가 가면
나도 갈 거야
그곳, 저 먼 곳

샛푸른 하늘
광활한 대지
영원의 낮달이
물고기 아가미처럼
발닥발닥 숨 쉬는

始原이
태초의 시작점에서
명주실처럼 풀려나오는

그곳
그곳으로
갈 거야
네가 가면
나도 갈 거야

사랑이 숨 쉬는
초원의 대지로
당신 가슴에 부는
흙바람 속으로

여러 해 동안 나는 고비(사막)를 내 안에 품어 왔다. 고비는 나에게 광활한 자연 풍광보다는 정신이었다. 문명 이전의 세계와 문명 이후의 귀착점을 동시에 보여주는.

평소에 나는 영혼이 빨려 들어갈 것 같은 푸른 하늘에 잠길 듯 말 듯 떠 있는 낮달을 보면, 거기 내 존재의 始原이 있을 거라는 느낌이 들었다. 그럴 때면 동요 〈반달〉을 흥얼거렸고, 동요에 나오는 '서쪽 나라'가 고비사막 동쪽 알타이 산맥 언저리일 거라는 생각에 젖어들곤 했다.

그렇게 고비는 나에게 신화적으로 다가왔다. 티비에서 그 쪽 사람들 이야기가 흘러나오면 채널을 멈추었고, 왠지 마음의 본향에 가 닿은 것 같아 가슴이 고즈넉이 부풀어 올랐다. 고비는 물 밑 돌 틈에 가만히 떠 있는 물고기의 뜬 눈처럼 내 안에 살아 있었다.

그렇다고 그곳에 가려고 성화를 내거나 하지는 않았다. 묵묵히 마음속에 담아두고 잊지 않고 지내던 차에 갈 기회가 생겼다. 이시백 작가 가는 길에 묻어가게 된 것이다.

고비에 들어선지 3일 쩬가, 새벽이었다. 담요를 몸에 말고 잠을 이루지 못한 나를 부르는 소리가 들렸다. '야, 뭐해. 어서 나와 봐.' 바람에 섞여 들려오는 정령의 소리였다. 옷을 걸치고 카메라를 들고 밖에 나갔다. 해가 뜨기 전 서늘하게 불어오는 바람이 내 몸을 훑쳤다. 머리칼이 날리고 옷자락이 펄럭였다. 하룻밤 가라앉힌 흙탕물처럼 마음이 맑게 고였다. 그때 비로소 고비가 눈에 들어왔다. 풀꽃, 흙덩이, 돌, 도마뱀 같은 자잘한 것들이 나에게 말을 걸어왔다. 그 날 나는 아침 해가 불쑥 떠올라 내 그림자를 초원에 길게 드리울 때까지 걷고 또 걸었다. 그러면서 시가 한 편 떠올랐다.

바람에 실려 가리

그러다 점이 되리

그러다 無가 되리

바람마저 없으리

「사중주」

2주간의 여정에서 돌아온 게 2015년 8월 6일이었다. 짐을 정리하고 쉬면서 며칠을 보냈다. 그러다 8월 10일 새벽, 이상한 기운에 이끌려 시가 한 편 써 졌다. 「그리운 고비」라는 시였다. 그런데 이게 웬일인가? 그 때부터 말 그대로 시가 터져 나오기 시작했다. 내 안에 내장되어 있던 시들이 한꺼번에 와르르 주체할 수 없이 쏟아져 나온 것이다. 그렇게 나는 8월 14일까지 5일 동안 고비를 주제로 한 시 50편을 썼다. 지금도 나는 그때의 일이 어찌된 일인지 잘 모른다.

나는 이 시화집이 정보가 아닌 문학이 되도록 했다. 일반 여행서와 같이 여행지에 대한 정보나 지침을 담은 책이 아닌 고비가 품고 있는 '첫'에 대한 문학적 감흥을 담으려고 했다. 그리하여 나는 이 시화집이 한 편의 '고비 교향곡'으로 읽혔으면 싶다. 하나의 교향곡을 감상하는 것처럼, 천천히, 아주 천천히, 고비를 주제로 한 음악으로 감상했으면 좋겠다.

끝으로 이 책이 나오기까지 감사의 말을 전해야 할 분들이 있다. 고비의 장엄한 풍광을 유려한 사진으로 담아 이 책에 쓸 수 있도록 흔쾌히 허락해 준 이시백 작가, 박권화 김영희 선생과 함께 고비를 걸었던 모든 분에게 감사의 마음을 전한다. 또 사진 한 장의 크기, 위치, 시와의 어울림을 위해 세심한 주의를 기울여 편집해 준 작은숲 출판사 강봉구 사장에게도 책의 아름다움을 같이 하고 싶다.

일에 지친,
관계에 지친 당신이,
이 책을 연주해 주었으면 좋겠다.

2016. 4.  조재도

조재도

천천히 갈수록 인생은 커진다고 믿는 사람.
이따금, 침묵, 말해질 수 없는 것들에 빠져들어 멍해질 때가 있다.
첫 시집을 낸 지 31년 만에 열 번째 시집을 냈다.
어린이와 청소년, 평화에 관심이 많아
동화도 쓰고 소설도 쓴다.
인간이 아닌
햇빛과 바람과 고요와 정적이 주인인
고비를 만났다.

조재도 여행시화집

# 당신 가슴에 바람이 분다

2016년 5월 23일 제1판 제1쇄 인쇄
2016년 5월 30일 제1판 제1쇄 발행

**지은이** 조재도 **펴낸이** 강봉구
**펴낸곳** 작은숲출판사 **등록번호** 제406-2013-0000801호
**주소** 413-170 경기도 파주시 신촌로 21-30(신촌동)　**전화** 070-4067-8560
**팩스** 0505-499-8560　**홈페이지** http://cafe.daum.net/littlef2010
**페이스북** http://www.facebook.com/littlef2010　**이메일** littlef2010@daum.net

ⓒ조재도 ISBN 978-89-97581-98-6　03810 값은 뒤표지에 있습니다.

잎새문고

**조재도**　　당신 가슴에 바람이 분다

"아무 것도 없는 고비에서 시인은 아무 것도 하지 않았
다.　낮이면 한증막 같은 게르 안에서 미동도 하지 않았
다. 몸이 불편한가 싶어 들여다보면 우화(羽化)한 선인
처럼 정신만이 가지런히 남아 있었다. 다행히 날이 저물
면 별처럼 나타나, 아무 것도 보이지 않는 밤의 천공을
어슬렁거렸다. 그는 그렇게 아무 것도 하지 않는 '무위
(無爲)'를 아무 것도 없는 고비에서 실천했다.
여기 실린 시편들은 그렇게 행한 무위에서 터져 나온 것
들이다. 그런 시인이 강신하듯이 쏟아놓은 시들을 읽으
며, 비로소 〈시인 + 고비 =〉의 오묘한 등식과 대면하게
되었다. 묵언과 무위로 시인이 만난 것은 〈바람에 실려
가고, 점이 되고, 무가 되고, 바람마저 없어지는〉 고비의
경계였음을 가늠하게 되었다. 그는 그렇게 고비가 되어
갔다."

- 이시백(소설가)